Педро

Пример восстановления прибреж **…форме Санта-Изабель**

Педро Фелипе Тейшейра Монтейро
Маркос Уилсон Сантос Роча

Пример восстановления прибрежных лесов на ферме Санта-Изабель

ScienciaScripts

This book is a translation from the original published under ISBN 978-620-2-18809-8.

Publisher:
Sciencia Scripts
is a trademark of
Dodo Books Indian Ocean Ltd. and OmniScriptum S.R.L publishing group

120 High Road, East Finchley, London, N2 9ED, United Kingdom
Str. Armeneasca 28/1, office 1, Chisinau MD-2012, Republic of Moldova, Europe

ISBN: 978-620-7-27736-0

Посвящение

В первую очередь Богу за то, что он направлял нас на каждом шагу.

Нашим родителям за те жертвы, которые они принесли, чтобы мы

оказались так далеко. Всей нашей семье, которая поддерживала нас и

всегда была рядом с нами с первого дня учебы в университете.

Спасибо.

Богу за то, что дал мне здоровье и силы для преодоления трудностей. Этому колледжу, его преподавательскому составу, руководству и администрации, которые дали мне окно, через которое я теперь могу видеть более высокие горизонты, подпитываемые сильной верой в достоинства и этику, присутствующие здесь. Нашему научному руководителю профессору доктору Катарини Кабрал Алеман за поддержку в течение короткого времени, за ее исправления и ободрение, профессору доктору Хосе Карлосу Кавичиоли за его наставления и советы на протяжении всей этой работы. Нашим родителям за их любовь, ободрение и безусловную поддержку.

Агроному Марио Альберто Лима Фонсека за то, что наставлял и учил нас. И всем, кто прямо или косвенно сыграл роль в моем образовании, огромное спасибо.

Резюме

В последние годы ухудшение состояния окружающей среды резко сказалось на состоянии речных бассейнов. О том, как защитить бассейн, сказано мало, а ведь полноценная тугайная растительность - хороший способ его защиты. В значительной степени уничтожение растительного покрова происходит из-за беспорядочного заселения территории. В настоящее время лесовосстановление тугайных лесов является методом, способствующим снижению экологических последствий антропогенного воздействия на окружающую среду и устойчивому развитию сельских владений. Целью данной работы было проведение тематического исследования проекта по восстановлению тугайных лесов, который необходим для обеспечения качества жизни будущих поколений, и необходимость улучшения сельского управления ручьем Água Branca на ферме Fazenda Santa Izabel, расположенной в Ouro Verde - SP. Для проведения данного исследования был проведен библиографический обзор по восстановлению тугайных лесов. Кроме того, между городским советом и CATI и владельцем фермы налажено партнерство, способствующее экологическому образованию учащихся школ муниципалитета, проведению экскурсий и практических занятий в течение учебного семестра. Начальная стадия проекта уже завершена, и сейчас он находится на стадии поддержания культивируемых видов.

Ключевые слова: Воздействие на окружающую среду, деградация, устойчивое развитие.

ГЛАВА 1 ВВЕДЕНИЕ

Прибрежные леса - это растительные системы, которые необходимы для поддержания

экологического баланса и поэтому должны быть в центре внимания для устойчивого

развития сельских районов. Сохранение и восстановление прибрежных лесов в сочетании

с природоохранными мероприятиями и правильным управлением почвами гарантирует

защиту одного из основных природных ресурсов - воды (RICARDO, 2008).

Помимо процесса урбанизации, тугайные леса также страдают от антропогенного

давления, обусловленного рядом факторов. На них непосредственно влияет

строительство плотин гидроэлектростанций, прокладка дорог в регионах с изрезанным

рельефом, посадка сельскохозяйственных культур и пастбищ (MARTINS, 2001).

Прибрежные леса выполняют функцию защиты почвы от эрозии, сдерживают потоки

воды, инфильтрируют поверхностный сток, поглощают избыток питательных веществ,

задерживают осадки и загрязняющие вещества, помогают защитить дренажную сеть и

уменьшить заиливание русла реки. Они также выполняют роль экологических коридоров,

соединяя фрагменты леса и способствуя перемещению фауны и передаче генов между

популяциями видов животных и растений (FARIA, 2006).

К сожалению, во время оккупации Бразилии большая часть растительности,

особенно на юго-востоке, была вырублена для добычи древесины и последующей

посадки различных культур, таких как кофе и хлопок. В результате осталось лишь около 7 процентов первоначального растительного покрова, который до сих пор находится под угрозой. Выход, поскольку мы не можем вернуться в прошлое и изменить ситуацию, заключается в том, чтобы попытаться восстановить опустошенный регион с помощью лесовосстановления. И следить за тем, чтобы никто не уничтожил его снова. Есть и те, кто утверждает, что восстановление растительности должно происходить естественным путем, без вмешательства человека, даже при посадке растений. Но в этом случае процесс занимает гораздо больше времени. Поэтому большинство землевладельцев, решивших восстановить старые лесные массивы, обычно решают засадить их лесом (FARIA, 2006).

Лесовосстановление - это природоохранная деятельность по посадке деревьев и другой растительности на территориях, которые были обезлесены либо под воздействием сил природы (например, пожаров и ураганов), либо под влиянием человека (пожары, строительство плотин, добыча полезных ископаемых или древесины и т. д.). Термин "лесовосстановление" можно использовать только в том случае, если речь идет о пересадке, то есть о высадке новых растений на месте, где когда-то существовала растительность. Одним из наиболее распространенных видов лесовосстановления является облесение - метод, который заключается в посадке деревьев на территориях, где долгое время не было растительности (GUIMARÃES, 2006).

Однако при принятии решения о проведении экологического лесовосстановления возникает множество трудностей. Самая большая проблема заключается в создании метода, который позволит поддерживать проект в течение длительного времени для восстановления тугайных лесов. Поэтому очень важно, чтобы после уничтожения или деградации тугайных лесов разрабатывались проекты по их восстановлению, чтобы сохранить качество воды, растительности и фауны, а также рассеять эрозионную энергию (RICARDO, 2008).

Для полного восстановления растительности на исследуемом участке была предложена модель посадки, основанная на сочетании видов из разных экологических групп. Площадь, подлежащая восстановлению растительности, составляет 3 га, и для посадки потребуется около 5 000 саженцев видов, характерных для данного региона. По оценкам, уровень смертности составляет максимум 8 процентов, поэтому для компенсации гибели саженцев будет высажено 400 саженцев.

Ручей заилен. Накопление осадочных пород в результате эрозионных процессов, вызванных водой, ветром, химическими, антропогенными и физическими процессами, которые разрушают почвы и горные породы, образуя осадочные породы, подлежащие транспортировке. Другими словами, это термин, эквивалентный термину "препятствие", но обычно применяемый к водотокам, и являющийся прямым продуктом эрозии почвы.

На территории, подлежащей рекультивации, тугайный лес, как и остальная часть участка, всегда использовался для выращивания пастбищ для стада крупного рогатого скота производителя, которое было источником дохода для обеспечения существования семьи.

Целью данной работы было показать результаты проекта по восстановлению тугайных лесов путем лесовосстановления, что необходимо для обеспечения качества жизни будущих поколений, а также необходимость улучшения управления сельскими территориями путем восстановления растительности на участках по краям ручья, обеспечения сохранения почвы и борьбы с эрозией, развития флоры и защиты фауны. Для проведения данного исследования был проведен библиографический обзор и тематические исследования по восстановлению тугайных лесов на Фазенде Санта-Изабель, расположенной в Оуро-Верде - СП.

ГЛАВА 2 ОБЗОР ЛИТЕРАТУРЫ

2.1 Деградация окружающей среды и ее причины

Огромный рост населения в XX веке привел к необходимости экспансии человека на

необитаемые территории. Вырубка лесов: необходимо было расчистить землю для

строительства жилья и плантаций, поэтому более половины лесов в мире уже

вырублено. Каждый год вырубается территория размером со штат Сан-Паулу. Лидером в

этом бедствии является Бразилия, где ежегодно вырубается 2,3 миллиона гектаров леса

(RICARDO, 2008).

Деградация окружающей среды - это процесс, при котором происходит сокращение

потенциальных возобновляемых ресурсов, вызванное сочетанием агентов, действующих

на данную среду. Любой процесс, который снижает способность данной среды

поддерживать жизнь, называется деградацией окружающей среды (Columnist Portal

Educação, 2013).

По мнению Диаса (1998), под деградацией окружающей среды можно понимать

изменение природных условий, которое ставит под угрозу использование природных

ресурсов (почвы, воды, флоры, фауны и т. д.) и снижает качество жизни людей. По мнению

Силвы и Рибейро (2004), деградация окружающей среды характеризуется обезлесением,

вырубкой лесов и выжиганием растительности с целью увеличения площадей,

расчищенных для ведения хозяйственной деятельности, такой как сельское хозяйство и животноводство. В действительности деградация имеет различные аспекты и вызывается,

казалось бы, безобидными факторами.

Социальные причины деградации связаны с антропогенными действиями. Некоторые

авторы обращают внимание на антропологический фактор как на основную причину

деградации окружающей среды. Под этим фактором можно понимать неорганизованный

рост населения, наносящий серьезный ущерб природе (LIMA, 2005).

По мнению Камогавы (2003), деградация окружающей среды может происходить двумя

путями: из-за нерационального использования природных ресурсов и/или из-за

негативных внешних эффектов, возникающих в процессе производства и потребления. В

любом из этих случаев антропогенное действие выступает как фактор, способствующий

этому процессу. Антропогенное действие тесно связано с тем, что в литературе

классифицируется как социальные причины деградации.

2.2 Лесовосстановление

Большинство проектов по восстановлению осуществлялось на основе

фитосоциологических (изучение растительных сообществ) и флористических данных по

одному сообществу из набора существующих остаточных сообществ в региональном

ландшафте. Идея заключалась в том, что восстановленное сообщество приведет к

появлению зрелого леса, идентичного (по структуре и составу) ранее созданному

(GANDOLFI and RODRIGUES, 2007).

В настоящее время проекты по восстановлению тропических лесов стараются учитывать особенности каждого ландшафта с целью восстановления важных экологических процессов при воссоздании функционального сообщества с высоким разнообразием, не стремясь к созданию единого конечного сообщества с характеристиками заранее установленного климатического сообщества (GANDOLFI and RODRIGUES, 2007).

2.2.1 Нуклеация

Под нуклеацией понимается способность вида значительно улучшать окружающую среду, способствуя заселению этой территории другими видами (YARRANTON and MORRISON, 1974). Таким образом, из островков растительности, или ядер, вторичная растительность со временем разрастается и ускоряет процесс естественной сукцессии на деградированной территории (MARTINS, 2007).

Ниже приведены некоторые методы нуклеации (REIS *et al.*, 2003; REIS and TRÊS, 2007; MARTINS, 2007):

Большинство проектов по восстановлению осуществлялось на основе фитосоциологических (изучение растительных сообществ) и флористических данных одного сообщества в рамках набора существующих остаточных сообществ в региональном ландшафте. Идея заключалась в том, что восстановленное сообщество приведет к появлению зрелого леса, идентичного (по структуре и составу) ранее созданному (GANDOLFI and RODRIGUES, 2007).

В настоящее время проекты по восстановлению тропических лесов стараются учитывать особенности каждого ландшафта с целью восстановления важных экологических процессов при воссоздании функционального сообщества с высоким разнообразием, не стремясь к созданию единого конечного сообщества с характеристиками заранее установленного климатического сообщества (GANDOLFI and RODRIGUES, 2007).

Под нуклеацией понимается способность вида значительно улучшать окружающую среду, способствуя заселению этой территории другими видами (YARRANTON and MORRISON, 1974). Таким образом, из островков растительности, или ядер, вторичная растительность со временем разрастается и ускоряет процесс естественной сукцессии на деградированной территории (MARTINS, 2007).

Существует ряд методов нуклеации, таких как перенос семенных банков, перенос веток, естественных и искусственных насестов, перенос семенного дождя и посадка саженцев (REIS, 2003).

Этот метод, также известный как перенос банка семян, заключается в изъятии части верхнего слоя почвы вместе с подстилкой с территории, находящейся на более продвинутой стадии сукцессии, и размещении их в полосах или островках на деградированной территории. Предполагается, что со временем эти полосы или острова станут центрами высокого видового разнообразия, что запустит сукцессионный процесс на территории в целом. Перенос почвы важен тем, что вместе с семенами в почву попадают живые существа, отвечающие за круговорот питательных веществ, реструктуризацию почвы и удобрение, а также минеральные и органические материалы, что помогает восстановить физические и химические свойства деградированной почвы и, следовательно, заново заселить территорию (REIS, 2003).

Под растительным мусором (ветки, листья и репродуктивный материал) в лесу понимают подлесок. Для восстановления территории этот материал может быть уложен в беспорядке, образуя клубок растительных остатков. Эти спутанные ветви служат укрытием для мелких животных, а также поддерживают влажную и затененную среду, что благоприятно для развития растений, более приспособленных к такому типу среды. Спутанные растительные остатки в лесах создают благоприятный микроклимат для прорастания и развития семян видов, более приспособленных к тенистой и влажной среде, и служат прекрасным укрытием для фауны (BECHARA, 2006).

Для привлечения птиц и летучих мышей рекомендуется использовать насесты, поскольку они служат местом ночлега для этих животных, которые могут перемещаться между остатками леса. Через фекалии и отрыгиваемый этими животными материал семена попадают в окрестности насестов, образуя ядра разнообразия. Естественные места для ночлега создаются путем посадки быстрорастущих деревьев с кроной, благоприятной для ночлега птиц и летучих мышей, а также с плодами, привлекающими этих животных. Можно также использовать деревья, сохранившиеся на участке. Искусственные насесты можно соорудить из бамбуковых, эвкалиптовых жердей, стволов мертвых или недавно срубленных деревьев (с разрешения экологов), к которым крепятся тонкие деревянные жерди. Жердочки можно соединить стальными тросами (REIS and TRÊS, 2007).

Попадание семян на участок путем рассеивания называется семенным дождем. Эти рассеянные семена можно собрать и использовать для получения саженцев с целью восстановления деградированной территории, или же их можно высеять непосредственно на восстанавливаемом участке (MARTINS, 2007).

Посадка саженцев - эффективный способ продлить процесс нуклеации. Ее можно проводить по-разному, в зависимости от того, как саженцы расположены на поле. Одна из форм посадки - случайная, когда саженцы высаживаются без определенного расстояния между ними.

Другая модель - рядовая посадка с пионерными и непионерными видами с расстоянием между ними 2 x 3 м или 2 x 2 м (REIS и TRÊS, 2007).

2.2.2 Естественная регенерация

Согласно Вентуроли и др. (2007), возобновление можно определить как восстановление фитомассы на лесной вырубке по мере того, как полог достигает зрелости, или как перегруппировку структурного и флористического разнообразия до кульминационного состояния самовоспроизводства. Это очень важно для динамики леса, поскольку успех лесохозяйственных мероприятий напрямую зависит от его поведения, особенно на территориях, где целью лесопользования является получение более богатых лесов с экономической точки зрения при сохранении той же степени экологической стабильности.

Благодаря естественному возобновлению леса способны восстанавливаться после естественных или антропогенных нарушений. Когда определенный участок леса подвергается такому нарушению, как естественное открытие просеки, вырубка или пожар, вторичная сукцессия способствует заселению открытого участка и проводит растительность через ряд сукцессионных стадий, характеризующихся группами растений, которые сменяют друг друга с течением времени, изменяя местные экологические условия, пока не достигнут хорошо структурированного и более стабильного сообщества. Естественное возобновление, как правило, является самой низкозатратной формой восстановления тугайных лесов, но обычно это медленный процесс. Если цель состоит в том, чтобы сформировать лес на тугайной территории в относительно короткие сроки, с целью защиты почвы и водотока, следует использовать методы, ускоряющие сукцессию

(MARTINS, 2001).

2.2.3 Прямой посев

Прямой посев считается дешевым и универсальным методом лесовосстановления, который можно использовать на большинстве участков и особенно в ситуациях, когда невозможно провести естественное возобновление и высадить саженцы (MATTEI, 1995).

По мнению Барнетта и Бейкера (1991), прямой посев рекомендуется только для нескольких видов, показывающих благоприятные результаты на деградированных территориях с труднодоступными участками и крутыми склонами. Следует отметить, что успех прямого посева зависит от создания микросреды с условиями, максимально благоприятными для быстрого появления и укоренения всходов (SMITH, 1986; DOUST, 2006).

В принципе, прямой посев рекомендуется только для некоторых пионерных и ранних вторичных видов на участках без растительности, а также для поздних вторичных и кульминационных видов при работе по обогащению вторичных лесов (Kageyama and Gandara, 2004). Несмотря на необходимость быстрого укоренения растительности при восстановлении деградированных экосистем с помощью прямого посева, не существует стандартной методики определения идеальной плотности семян для таких проектов

(Burton, 2006). Другим фактором, на который также необходимо обращать внимание,

является размер семян, который в некоторых ситуациях может повлиять на появление и

укоренение растений на деградированных участках (DOUST, 2006).

2.2.4 Преемственность

Установление сукцессионной категории, соответствующей каждому из видов, отобранных

в отдельности, сопряжено с определенными трудностями, однако сопоставление этой

информации с фитосоциологическими параметрами является важным источником для

анализа и понимания растительного сообщества на данной территории (GANDOLFI, 1995).

Использование экологической сукцессии при создании смешанных лесов - это попытка

придать искусственному возобновлению модель, повторяющую условия, в которых оно

происходит в лесу естественным образом. Моделирование вырубок разного размера и

ситуации отсутствия вырубок обеспечивает соответствующие условия, главным образом

свет, для удовлетворения потребностей различных сукцессионных экологических групп

(KAGEYAMA и GANDARA, 2004).

Для классификации видов по сукцессионным группам были приняты критерии

сукцессионной классификации, предложенные Гандольфи, где:

- Пионеры: явно светозависимые виды, которые не встречаются в подлеске, а растут на вырубках или на опушках леса;

- Ранние вторичные: виды, произрастающие в условиях среднего затенения или не очень интенсивного освещения, встречающиеся на небольших вырубках, опушках крупных вырубок, лесных опушках или в подлеске, который не сильно затенен;

- Поздние вторичные виды: виды, которые развиваются в подлеске в условиях легкой или густой тени и могут оставаться там всю жизнь или расти до достижения полога или эмерджентного состояния;

- Неохарактеризованные: виды, которые из-за недостатка информации не могут быть включены ни в одну из предыдущих категорий.

2.3 Экологическое образование

Экологическое образование должно обеспечивать условия для развития необходимых способностей, чтобы социальные группы в различных социально-экологических условиях страны могли квалифицированно вмешиваться как в управление использованием экологических ресурсов, так и в разработку и реализацию решений, влияющих на качество окружающей среды, будь то физическая, природная или строительная, другими словами, экологическое образование как инструмент участия и социального контроля в государственном управлении окружающей средой (QUINTAS, 2007).

Осознание человеческой сущности приводит к необходимости образования. Образование, которое начинается с осознания незавершенности человеческого существа, - это образование, основная функция которого заключается в формировании этого существа. "Женщины и мужчины стали образованными в той мере, в какой они осознали себя незавершенными. Не образование сделало женщин и мужчин образованными, а осознание их включенности, которое породило их образованность (FREIRE, 2010).

Мы понимаем, что педагог играет роль посредника в создании экологических ориентиров и должен знать, как использовать их в качестве инструментов для развития социальной практики, основанной на концепции природы (JACOBI, 2003).

ГЛАВА 3 ИССЛЕДОВАНИЕ КОНКРЕТНОГО СЛУЧАЯ
Расположение

Территория, на которой будет проводиться восстановление тугайных лесов, расположена

на Фазенде Санта-Изабель (рис. 1) на дороге Caic - Ovd 040, км 4,0, справа, в

муниципалитете Оуро Верде - SP, с населением 7800 человек и общей площадью 266,782

км² , преимущественно биом Атлантического леса (IBGE 2010), объект расположен по

координатам (Utm): 426.017 / 7.628.321.

Рисунок 01. Вид на территорию, где расположена ферма.

Источник: Адаптировано из Google Earth (2012).

3.1.2 Характеристика района

Общая площадь участка составляет 411,4 га (170 акров), а площадь, подлежащая рекультивации, - 3 га (1,24 акра), как показано на рисунке 01.

Участок используется для разведения мясного скота, то есть вся территория пасется как источник корма для скота.

В качестве травы используется *Brachiaria brizantha*. Эта многолетняя трава родом из тропической Африки, она очень хорошо прижилась в Бразилии и используется с севера на юг страны. Эта трава очень устойчива к нападению пастбищных листоедов и хорошо растет в местах с колебаниями температуры от 20^ до 30^. К плодородию почвы он умеренно требователен, но очень хорошо реагирует на увеличение массы. Фосфорные удобрения в основном используются для подготовки, а азотные - для подкормки (AGROSALLES 2012).

Ботаническое описание и особенности выращивания (AGROSALLES, 2012)

Научное название: *Brachiaria brizantha* cv. Marandú

Распространенное название: Braquiarão, Brizantão, Marandú

Происхождение: Тропическая и Южная Африка

Требования к почве: Средний/высокий

Необходимое количество осадков: Более 800 мм в год

Характер роста: полупрямостоячая группа

Массовое производство: от 10 до 15 т ДМ/га/год

Устойчивость/неустойчивость: Увядание/засуха/сигареты

Высота: от 1 м до 1,50 м

Температура: от 20°C до 30°C

Глубина посадки: от 1 см до 2 см

Время обучения: от 90 до 120 дней

Сырой протеин (в среднем): 9% - 11%

Перевариваемость: Хорошо

Удобоваримость: Хорошо

Обработка: Вход = 60 см / Выход = 30 см.

3.1.3 Погода

Согласно классификации Кёппена, климат региона относится к категории Aw
(тропический климат с сухим зимним сезоном), при этом среднемесячная температура
самого холодного месяца составляет менее 12^ C, а самого теплого - более 32^ C. В
самый сухой месяц выпадает менее 31 мм осадков (CEPARI, 2015). В самый сухой месяц
выпадает менее 31 мм осадков (CEPAGRI, 2015).

3.1.4 Почва

Почва песчаная, с высоким и средним плодородием, что благоприятствует ведению сельского хозяйства, а рельеф характеризуется как полого-волнистый.

Действия, направленные на рациональное использование и управление природными ресурсами, особенно почвой, водой и биоразнообразием, призваны способствовать развитию устойчивого сельского хозяйства, увеличению поставок продовольствия и повышению уровня занятости и доходов в сельских районах (MINISTERIO DA AGRICULTURA E ABASTECIMENTO - MAPA, 2015).

Почва на Фазенде Санта-Изабель находится в хорошем состоянии, для ее сохранения используются контурные линии и правильное управление почвой.

3.1.5 Положение ручья

Ширина ручья Агуа-Бранка варьируется от 2 до 5 метров. Ручей заилен (Рисунок 02). Из-за эрозионных процессов, вызванных водой, происходит накопление осадочных пород, что приводит к физическим, химическим и антропогенным процессам, вызывающим дезинтеграцию почвы и горных пород.

Сдерживать заиливание можно путем сохранения пахотных земель, а также путем создания тугайных лесов. В местах, где почва очень песчаная и процесс эрозии очень сильный, необходимо принимать дополнительные меры предосторожности, такие как защитные дамбы, обработка оврагов и использование специальных методов обработки, таких как посев соломы и севооборот, чтобы предотвратить потерю плодородных земель (SANTIAGO, 2011).

Рисунок 02. Ручей Агуа Бранка, место, где животные используют его для водопоя.

Источник: Авторы, 2015.

3.1.6 Состояние прибрежных лесов

Для полного восстановления растительности на исследуемом участке была предложена модель посадки, основанная на сочетании видов из различных экологических групп. Площадь, на которой необходимо восстановить растительность в соответствии с требованиями законодательства, составляет 3 га, и для посадки потребуется около 5 000 саженцев видов, характерных для данного региона. Уровень смертности составил 8 процентов, поэтому для компенсации этого будет высажено 400 саженцев.

На всей прилегающей территории пасут скот. Используется трава Brachiaria brizantha. Уход и управление такие же, как и на Фазенде Санта-Изабель.

На территории, подлежащей рекультивации, тугайный лес, как и остальная часть участка, всегда использовался для выращивания пастбищ для стада крупного рогатого скота производителя, которое было источником дохода для обеспечения существования семьи.

3.2 Технические операции

Успех лесовосстановления зависит от ряда основных процедур, которые должны быть приняты до, во время и после посадки. После того как участок, на котором необходимо восстановить растительность, предварительно определен, необходимо соблюдать ряд

основных правил:

- тип исходной региональной растительности.

- зоны постоянной охраны.

- выбор местных видов, адаптированных к условиям участка.

- климат, плодородие, текстура, водопроницаемость, рельеф и наличие воды (высота

грунтовых вод, влажность, заболачивание и периодические наводнения).

- Изоляция территории от животных (MENDONÇA, GONZAGA, MACEDO, VENTURIN, 2006).

Всего будет использовано 80 видов, характерных для атлантического тропического леса, в

общей сложности 5000 растений, охватывающих две экологические группы: пионеров и

непионеров.

Территория была огорожена забором, чтобы животные фермы (крупный рогатый скот) не

могли попасть на рекультивируемую территорию,

Механизированное внесение гербицидов - процесс уничтожения существующей

растительности, которая может помешать развитию саженцев из-за конкуренции с

сорняками. Процедура проводится с применением гербицидов из группы глифосатов, так

как они обладают системными свойствами, позволяющими полностью контролировать

сорняки, как однодольные, так и двудольные, на которые гербицид действует не только в воздушной части, но и в корнях. (ДИРЕКЦИЯ ПО ИНЖЕНЕРНЫМ ВОПРОСАМ, 2007).

Вносить за 15 дней до подготовки почвы, в дозе 3,5 л/га, используя 200 л/га опрыскивателя.

Эта операция заключается в понижении существующей растительности на 0,10 м от земли на участках, предназначенных для реализации проекта, где использование сельскохозяйственных тракторов невозможно, с учетом следующей спецификации, используемой в проекте (DIRECTORATE OF ENGINEERING, 2007).

Скашивание проводилось с помощью механизированной мотыги, серпа или бокового триммера, при этом растительность срезалась как можно ближе к земле.

Борьба с муравьями на территории, где будет осуществляться проект, и в окрестностях проводилась с помощью приманок или микроприманок еще до посадки, обходя участки и обнаруживая муравейники листоедов. Этот контроль проводился сразу после посадки до полного роста саженцев (не менее 2 лет).

Демаркация ям заключается в определении точного места, где должна быть открыта яма, с соблюдением указанного расстояния: 3,0 м между рядами X 2,0 м между растениями (Адаптировано авторами, 2015).

Кронирование вокруг лунок проводилось для предотвращения воздушной и корневой конкуренции между сорняками и саженцами, а также для удержания воды при увлажнении как дождем, так и поливом. Радиус кроны должен составлять не менее 0,50 м от стебля (DIRECTORATE OF ENGINEERING, 2007).

Ямы выкапывались диаметром 0,25 м и глубиной 0,60 м в ранее определенных местах по системе квинкункс с расстоянием 2,00 м в ряду и 3,00 м между рядами с помощью мотыги или шаблона по размеру труб (DIRETÓRIA DE ENGENHARIA, 2007).

На вегетативное развитие цитрусовых благотворно влияет внесение органических удобрений и, при необходимости, части фосфорных удобрений в посадочную яму (AZEVEDO, 2015).

В яму внесли 20 литров навоза крупного рогатого скота. Через 2 месяца после посадки в качестве источника азота была внесена мочевина (Адаптировано авторами, 2015).

3.2.1 Посадка леса.

Он заключается в выкапывании заранее размеченных ям с шагом 3 x 2 метра (3 метра между рядами, 2 метра между растениями), такого размера, чтобы в них поместились саженцы, не заглушая стебли и не обнажая корни, вровень с ограждением участка (CURY, 2011).

Были приняты некоторые меры предосторожности, например, полностью удалена упаковка саженца, при этом не был нарушен первоначальный субстрат. Лунки выкапывали мотыгой и бороздой, которую тащил трактор, что облегчало работу и позволяло лучше уплотнять почву. Саженец помещали в центр ямы так, чтобы шейка саженца находилась на одной линии с поверхностью земли, при этом почва вокруг саженца должна быть хорошо уплотнена. Избыток почвы после посадки был удален в крону вокруг саженца. Саженцы были высажены в ноябре 2012 года (Рисунок 03), с помощью водопровода (Адаптировано авторами, 2015).

Рисунок 03. Посадка, проведенная в ноябре 2012 года.

Источник: Адаптировано авторами, 2012.

3.2.2 Система посадки

Будет использована система посадки quincunx с расстоянием между растениями 3 X 2 метра, в которой пионерные и непионерные виды чередуются в соответствии с моделью, показанной на рисунке 04.

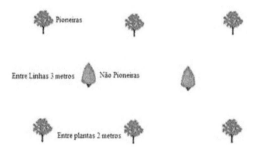

Между растениями 2 метра

Рисунок 04. Система посадки Quincunx.

Источник: Авторы, 2015.

Водоснабжение заключается в том, что каждые 30 дней в накопительный бассейн каждой посадочной ямы выливается эквивалент 1 литра воды для полива геля, только если засуха длилась в течение 30 дней или количество осадков за 30 дней составило менее 10 миллиметров, до полной окупаемости саженцев (СЕКРЕТАРИАТ ТРАНСПОРТА, 2007).

Для этого использовались цистерны объемом 2 000 литров, установленные на сельскохозяйственных тракторах.

3.2.3 Пересадка леса

Необходимость пересадки погибших саженцев оценивалась между 40-м и 60-м днем после посадки, при этом отмечалось, что задержки с пересадкой могут привести к повреждению как саженцев, подлежащих пересадке, так и всего растения (DIRECTORATE OF ENGINEERING, 2007).

Эти лунки будут снова открыты и засажены, с применением тех же рекомендаций. В связи с коротким периодом между посадкой и пересадкой, 40 дней, будет учтено удобрение для посадки. При пересадке были заменены саженцы того же вида. При пересадке для этих саженцев лунки открывались только в том объеме, который необходим для приема новых саженцев, поэтому не было необходимости удалять весь объем почвы. Эту операцию проводили после первого укоренения (Адаптировано авторами, 2015).

3.2.4 Ручное обслуживание косилки.

Эта операция заключается в удалении существующей растительности вблизи зоны посадки, на высоте до 0,10 метра от земли, что подтверждает следующие технические предположения, использованные в проекте:
• Эта операция была проведена во время технического обслуживания, в местах, где невозможно удалить саженцы, подлежащие сохранению.
• Скашивание производилось механизированным отбойником, серпом или боковым триммером, что обеспечивало срезание растительности.
• Она была проложена на расстоянии 0,50 м от оси линии посадки, а ее ширина составляла 0,50 м по отношению к линиям между ними.
• Эта операция была выборочной, чтобы вырубить только местные виды (BOTEGA, 2010).

Ручная прополка заключается в ручном уничтожении инвазивных видов с помощью мотыг и/или мотыжек.

3.2.5 Локальная подкормка.

Вносилось после того, как сеянцы дали семена (через 60 дней после посадки), 50 г/лунку мочевины. При закрытой лунке и влажной почве, в проекции головки сеянца и на расстоянии 20 см от сеянца. Через 12 месяцев после посадки эту операцию следует повторить при тех же условиях, что описаны выше (BOTEGA, 2010).

3.3 Анализ затрат

3.3.1 . Сметная стоимость внедрения и обслуживания

3.3.2

В таблице 1 приведена смета расходов на проект лесовосстановления на ферме. Изначально у нас не было данных о смертности саженцев, поэтому было закуплено 5000 саженцев.

3.3.3 Фактическая стоимость

Удалось сэкономить на покупке саженцев, поскольку они были пожертвованы фондом SOS

Mata

Таблица 1. Сметная стоимость

Саженцы	5000
Гектары	3

Операция	Единица	Значение
Высыхание	xa	R$ 100,00
Подготовка почвы	xa	R$ 40,00
Coveamento	xa	R$ 100,00
Саженцы	xa	R$ 1.000,00
Итого 1		R$ 3.720,00

Оплодотворение	Муда	R$ 2,50
Посадка саженцев	Муда	R$ 2,50
Всего 2		R$ 25.000,00

Техническое обслуживание	Муда/год	R$ 5,00
Всего 3		R$ 25.000,00

Общий проект	R$ 28.720,00
Ежегодное обслуживание	R$ 25.000,00

Atlântica. При уровне смертности в 8 процентов было пожертвовано еще 400 саженцев, так

что в рамках проекта было высажено 5 000 саженцев, как показано в таблице 2.

Таблица 2. Фактическая стоимость

Саженцы	5400
Гектары	3
Годы	4

Операция	Единица	Значение
Высыхание	xa	R$ 100,00
Подготовка почвы	xa	R$ 40,00
Coveamento	xa	R$ 100,00
Саженцы	xa	R$ -
Итого 1		R$ 720,00

Оплодотворение	Муда	R$ 2,50
Посадка саженцев	Муда	R$ 2,50
Всего 2		R$ 27.000,00

Техническое обслуживание	Муда/год	R$ 5,00
Всего 3		R$ 108.000,00

Итого до декабря 2015 года	R$ 135.720,00

ГЛАВА 4 РЕЗУЛЬТАТЫ

Ситуация с потоком

По мере реализации проекта видно, что основные условия ручья Агуа-Бранка улучшились: уменьшилась заиленная часть и увеличилась ширина, что обеспечивает большее количество воды с улучшенным качеством (рис. 05, 06).

Рисунок 05. Текущее состояние ручья Агуа Бранка.

Источник: Авторы, 2015.

Рисунок 06. Ширина ручья Агуа Бранка.

Источник: Авторы, 2015.

Состояние прибрежных лесов

При сочетании различных видов из экологических групп и местных видов наблюдалась

хорошая адаптация, поскольку они находились в идеальных условиях для роста и после

посадки нашли благоприятные климатические, почвенные и питательные условия для

продолжения своего развития (рис. 07).

Рисунок 07. Вид сбоку на тугайный лес.

Источник: Авторы, 2015.

Ситуация на прилегающей территории

Вокруг по-прежнему пастбища, а в качестве травы используется *брахиария*.

Бризанта не планирует выращивать какие-либо другие культуры, поскольку владелец продолжает заниматься исключительно животноводством (рис. 08).

Рисунок 08. Панорамный вид на окрестности.

Источник: Авторы, 2015.

ГЛАВА 5 СООБРАЖЕНИЯ

Смертность составила 8 процентов, что является незначительным показателем по сравнению с количеством посаженных саженцев, поэтому 400 саженцев были пересажены, чтобы достичь первоначально посаженных 5000 саженцев.

В ходе исследования, благодаря техническим визитам и беседам с владельцем, было установлено партнерство с городским советом Ouro Verde - SP в рамках проекта Adopt Your Spring, который реализуется школами муниципалитета, где учащиеся посещают и сами сажают деревья. Этот проект характеризуется как стимул для экологического образования, повышающий осведомленность детей и, как следствие, охватывающий их семьи.

ССЫЛКИ

АГРОСАЛЛЕС, **Сельскохозяйственная продукция**. Кампинас - СП. 2012.

Available: http://agrosalles.com.br/site/produtos/gramineas/brizantha/ Accessed on 12 August

2015.

Азеведо, К. Л. Л. **Система производства цитрусовых для северо-востока,** Удобрение, 2003.

БОТЕГА, X - **Посадка для будущего**, размещено 27 июля 2010 г.

Доступно по адресу:

http://plantandoparaofuturo.blogspot.com.br/2010/07/reflorestamento-em-area-de-

preservacao.html, дата обращения: 14/09/2015

BOTEGA, H.; Восстановление лесов в зонах постоянной охраны. Опубликовано 27 июля

2012   г.,   доступно   по   адресу

<http://plantandoparaofuturo.blogspot.com.br/2010/07/reflorestamento-em-area-   de-

preservacao.html> Accessed 24 August 2015 at 20:30.

BURTON, C.M.; BURTON, P.J.; HEBDA, R.; TURNER, N.J. Определение оптимальной плотности

посева для смеси местных растений, используемых для восстановления деградированных экосистем. Восстановительная экология, Оксфорд, v.14, n.3, p.379-390, 2006.

CEPAGRI Meteorology Unicamp - **Центр метеорологических и климатических**

исследований, применяемых к

Сельское хозяйство

Доступно по адресу:

http://www.cpa.unicamp.br/outras-informacoes/clima_muni_394.html accessed 14/09/2015.

Кьюри, Роберта Т. С. ; мл. Освальдо Карвальо - **Руководство по восстановлению лесов -**

ФОРЕСТЫ РОССИИ

TRANSIÇÃO, серия "Передовой опыт", том 5, Канарана: Июнь 2011.

ДИАС, Регина Лусия Фейтоза. **Государственное вмешательство и деградация**

окружающей среды в полузасушливом регионе Сеара (на примере Ираусубы).

Магистерская диссертация по развитию и окружающей среде, PRODEMA. Федеральный

университет Сеара. Форталеза, 1998. 139f.:Il.

ENGINEERING DIRECTORY - **PLANTING AND MAINTENANCE OF NATIVE FOREST ESSENCE**

SEEDLINGS - Department of Highways, October/2007

Доступно по адресу: ftp://ftp.sp.gov.br/ftpder/normas/gestao_ambiental/ET-

DE-S00-

004_Planti_Essencias_Florestais_Nativas.pdf

Доступно на: 30/08/2015

DOUST, S.J.; ERSKINE, P.D.; LAMB, D. Прямой посев для восстановления тропических лесов: влияние микросайтов на раннее укоренение и рост саженцев тропических деревьев на деградированных землях во влажных тропиках Австралии. Лесная экология и управление, Амстердам, v.234, p.333-343, 2006.

Фариа, К. Лесовосстановление. Доступно по адресу <www.infoescola.com/ecologia/reflorestamento/>. Accessed 25 October 2015 at 18:00 hours

FREIRE, P. **Pedagogia da Autonomia: saberes necessárias à prática educativa.** 41§reprint. São Paulo: Paz e Terra, 2010, 148p.

ГАНДОЛЬФИ, С. и РОДРИГЕС, Р. Р. Методологии восстановления лесов. In: CARGILL. **Экологическое управление и восстановление деградированных территорий.** Фонд Каргилл. 2007. pp.109-143.

GOMEZ-POMPA, A. and VÁSQUEZ-YANES, C. Estudios sobre la regeneración de selvas en regiones calido-humedas de Mexico. In: GÓMEZ-POMPA, A.; DEL AMO, R. (eds.). **Investigaciones sobre la Regeneratión de Selvas Altas en Vera Cruz, México.** Mexico: Compañia Editora Continental, 1985. Гл. 1, с. 1-27.

Готш, Э. **Прорыв в сельском хозяйстве.** Рио-де-Жанейро: АС-ПТА. 1995. 22p.

GUMARÃES, D.; CABRAL P.; Meaning of Reforestation. Доступно по адресу < http://www.significados.com.br/reflorestamento/>, дата обращения: 29 октября 2015 г. в 15:00

БРАЗИЛЬСКИЙ ИНСТИТУТ ГЕОГРАФИИ И СТАТИСТИКИ (IBGE). **Демографическая перепись в** Оуро-Верде. SP. 2010.

Доступно:.http://www.cidades.ibge.gov.br/xtras/perfil.php?lang=ecodmun=353480esearch= | |infog r%Elficos:-informa%E7%F5es-completas Accessed on 20 August 2015.

ЯКОБИ, П. Экологическое образование, гражданственность и устойчивость. In: **Cadernos de Pesquisa**, n. 118, p. 189-2050, 2003.

KAGEYAMA P.Y., GANDARA F.B. Восстановление тугайных зон. In: RODRIGUES, R.R.; LEITÃO FILHO, H.F. (Eds.). Riparian forests: conservation and recovery. Сан-Паулу: EDUSP/FAPESP, 2004. p.249-269

КАМОГАВА, Луис Фернандо Охана. **Экономический рост, использование природных ресурсов и деградация окружающей среды: Применение модели ЕКС в Бразилии.** Магистерская диссертация. Пирасикаба: Сельскохозяйственный колледж Луиса де Кейроза, 2003. 121 с. :илл.

LIMA, P. V. P. S.; QUEIROZ, F. D. S. Q.; MAYORGA, M. I. O.; CABRAL, N. R. A. J.; Склонность к деградации окружающей среды в мезорегионе Jaguaribe в штате Ceapa. Доступно на сайте

http://www2.ipece.ce.gov.br/encontro/artigos_2008/4.pdf Доступно 13 сентября 2015 г. в

18:10.

Лоренци, Харри. **Árvores Brasileiras Manual de Identificação e Cultivo de Plantas Arbóreas**

Nativas do Brasil Vol.01. 5§ edição. Nova Odessa: Instituto Plantarum de Estudos da Flora Ltda.

2008.

MARTINS, P. da S.; VOLKOFF, B.; CERRI, C.C.; ANDREUX, F. Последствия культивации и залежи

для органического вещества почвы под естественным лесом в Восточной Амазонии. **Acta**

Amazónica, v. 20, Mar/Dec. 1990.

МАРТИНС, С. В. **Восстановление тугайных лесов.** Aprenda Fácil Editora. Viçosa, MG. 2-е

издание, 2007. 255 стр.

MARTINS, S. V. **Técnicas de Recuperação de Matas Ciliares**, Editora Aprenda Fácil. Viçosa - MG,

2001.

МАТТЕЙ, В.Л. Значение физического защитника в местах посева Pinus taeda L.

непосредственно в поле. **Revista Árvore,** Viçosa, v.19, n.3, p.277- 285, 1995.

MENDONÇA, E. L. M. GONZAGA, A. P. D. MACEDO, R. L. G. VENTURIN, N. GOMES, J. E. **A**

Importância da Avifauna em Programas de Recuperação de Áreas Degradadas, 07 February

2006. Электронный научный журнал по лесотехнике.

МИНИСТЕРСТВО СЕЛЬСКОГО ХОЗЯЙСТВА, **охрана почв и водных ресурсов**. 2015. Устойчивое развитие.

ОДУМ, Э.П. **Экология.** Рио-де-Жанейро: Изд. Гуанабара, 1988. 434p.

PATRO, Raquel, Jardineiro.net - **Pata-de-vaca - Bauhinia variegata**, опубликовано 26/08/2014. Доступно по адресу: http://www.jardineiro.net/plantas/pata-de-vaca-bauhinia-variegata.html, дата обращения: 22/08/2015.

Куинтас, Дж. С. Образование в области государственного управления окружающей средой. In: FERRARO JÚNIOR, L. A. (Org.). **Encontros e caminhos: formação de educadoras (es) ambientais e coletivos educadores.** Brasília: MMA, DEA, 2007. v. 2. p. 131-142.

REIS, A. Восстановление деградированных территорий: нуклеация как основа для усиления сукцессионных процессов. **Natureza eConservação.** 2003.1(1): 28-36.

РЕЙС, А. и ТРЕС, Д. Р. Зарождение: интеграция природных сообществ с ландшафтом. In: CARGILL. **Экологическое управление и восстановление деградированных территорий.** Фонд Каргилл. 2007. pp.109-143.

РИКАРДО, В.П. **Проект восстановления мата** Ибитинга. SP. 2008 Доступно: http://appvps6.cloudapp.net/sigam3/Repositorio/378/Documentos/4_2008_Ricardo_Mata_Ci

liar.pd f. Accessed on 13 August 2015.

САНТИАГО, Э. Заиление. Архивировано в Геология, гидрография, 2011. Доступно:

http://www.infoescola.com/geologia/assoreamento. Доступно 15 августа 2015 г.

СЕКРЕТАРИАТ ТРАНСПОРТА ШТАТА САН-ПАУЛУ. Посадка и уход за саженцами местных

лесных эссенций. Октябрь 2007 г. С. 9

СМИТ, Д.М. Практика лесоводства. Нью-Йорк: John Wiley, 1986. 527p.

ТРКС, Д. Р. Тенденции экологического восстановления на основе нуклеации. In: MARIATH,

J. E. A and SANTOS, R. P (eds.). Достижения в ботанике в начале XXI века: морфология,

физиология, таксономия, экология и генетика. **Пленарные конференции и симпозиумы**

57-го Национального ботанического конгресса. Ботаническое общество Бразилии. 2006.

стр. 404-408.

VENTUROLI, F.; FELFILI, J.; FAGG, C.W. Динамика естественного возобновления в
полулиственном сезонном лесу при малоэффективном лесопользовании. **Revista Brasileira
de Biociências,** Porto Alegre, v. 5, supl. 1, p. 435-437, jul. 2007.

VIEIRA, Roberto Fontes *et al* - **Frutas Nativas da Região Centro-Oeste do** Brasil, Embrapa
Recursos Genéticos e Biotecnologia Brasília, DF 2006.
Яррантон, Г. А. и Моррисон, Р. Г. Пространственная динамика первичной сукцессии:

зарождение. **The Jounal of Ecology.** 1974. 62(2): 417-428.

ПРИЛОЖЕНИЕ А

Виды, используемые для лесовосстановления на исследуемой территории.

Виды	Классификация	Научное название	Семья	Всего
Horsewhip	Pioneer	*Luehea Divaricata*	Malvaceae	62
Хлопок	Pioneer	*Gossypium Hirsutum L*	Malvaceae	62
Белый ангико	Pioneer	*Adenanthera Colubrina*	Fabaceae Мимозоидные	62
Ангико ду Серрадо	Pioneer	*Anadenanthera falcata*	Мимозоидные	62
Красный Ангико	Pioneer	*Anadenanthera macrocarpa*	Мимозоидные	62
Красная мастика	Pioneer	*Schinus Terebinthifolius*	Anacardiaceae	62
Ароэйра Пиментеира	Pioneer	*Schinus terebinthifolius*	Anacardiaceae	62
Белая Бабоза	Pioneer	*Кордия Суперба*	Boraginaceae	62
Канафистола	Pioneer	*Peltophorum dubium*	Caesalpinioideae	62
Соломинка Пито	Pioneer	*Mabea brasiliensis*	Euphorbiaceae	62
Капиксингуй	Pioneer	*Кротон флорибундус*	Euphorbiaceae	63
Капорока	Pioneer	*Rapanea ferruginea*	Myrsinaceae	63
Седро Мирим	Pioneer	*Cedrela fissilis*	Meliaceae	62
Чал-Чал	Pioneer	*Allophylus Edulis*	Сапиндовые	62
Crindiuva	Pioneer	*Trema micruntha*	Ulmaceae	62
Наперсток	Pioneer	*Lafoensia pacari*	Lythraceae	62
Эмбирюсу	Pioneer	*Псевдобомба grandiflorum*	Bombacaceae	62
Белое фиговое дерево	Pioneer	*Фикус гуаранитика*	Moraceae	62

Гуава	Pioneer	*Psidium Guajava*	Миртовые (Myrtaceae)	63
Банана Инга	Pioneer	*Инга Сессилис*	Fabaceae	62
Инга у метро	Pioneer	*Инга эдулис*	Мимозоидные	62
Инга Кватро Квина	Pioneer	*Inga uruguensis*	Мимозоидные	62
Жакаранда Кароба	Pioneer	*Жакаранда макранта*	Bignoniaceae	62
Жакаранда Мимозо	Pioneer	*Жакаранда мимозолистная*	Bignoniaceae	62
Рафт "Брава	Pioneer	*Heliocarpus americanus*	Tiliaceae	62
Jaracatia	Pioneer	*Jacaratia spinosa*	Caricaceae	62
Jenipapo	Pioneer	*Genipa americana*	Rubiaceae	63
Джерива	Pioneer	*Syagruz romanzoffiana*	Arecaceae	63
Коричневый лавр	Pioneer	*Кордия трихотома*	Boraginaceae	63
Сквайр	Pioneer	*Mabea fistulifera*	Euphorbiaceae	63
Бедная Мэри	Pioneer	*Дилодендрон двулопастный*	Сапиндовые	63
Мириндиба Роза	Pioneer	*Лафоэнзия глиптокарповая*	Lythraceae	63
Монжолейро	Pioneer	*Сенегалия полифилла*	Leguminosae	63
Мутамбо	Pioneer	*Гуазума ульмифолия*	Malvaceae	63
Коровья нога	Pioneer	*Баухиния форфиката*	Fabaceae	63
Палочка цикады	Pioneer	*Сенна многоярусная*	Leguminosae	63
Муравьиная палочка	Pioneer	*Triplaris americana*	Polygonaceae	63
Пау Виола	Pioneer	*Cyntharexyllum myrianthum*	Verbenaceae	63
Сундук с голубями	Pioneer	*Tapirira guianensis*	Anacardiaceae	63

Кровоточащая вода	Pioneer	*Croton urucurana*	Euphorbiaceae	63
Taiúva	Pioneer	*Maclura tinctoria*	Moraceae	62
Clogger	Pioneer	*Aegiphila sellowiana*	Verbenaceae	62
Тингуи	Pioneer	*Dictyoloma vandellianum*	Рутовые (Rutaceae)	62
Aldrago	Нет пионера	*Pterocarpus violaceus*	Fabaceae	62
Желтый	Нет пионера	*Терминалия трехцветная*	Bignoniaceae	62
Желтая Араса	Нет пионера	*Гризеб Psidium cattleyanum*	Миртовые	63
Араса Роксо	Нет пионера	*Psidium myrtoides*	Миртовые	63
Ситовая арка	Нет пионера	*Cupania vernalis*	Сапиндовые	63
Черная мастика	Нет пионера	*Myracrodruon urundeuva*	Anacardiaceae	63
Кабреува	Нет пионера	*Myroxylon peruiferum*	Fabaceae	63
Корица кутия	Нет пионера	*Esenbeckia grandiflora*	Рутовые (Rutaceae)	63
Розовый кедр	Нет пионера	*Cedrela fissilis*	Meliaceae	63
Черное сердце	Нет пионера	*Poecilanthe parviflora*	Papilionoideae	63
Шампур	Нет пионера	*Casearia*	Flacourtiaceae	62
Гуахувира	Нет пионера	*Patagonula americana*	Boraginaceae	63
Желтый Гуарамирим	Нет пионера	*Plinia rivularis*	Миртовые (Myrtaceae)	63
Гуарита-ду-Кампу	Нет пионера	*Astronium graveolens*	Anacardiaceae	63
Белая Инга	Нет пионера	*Инга Лаурина*	Fabaceae	63
Желтый ипе	Нет пионера	*Табебуя серратифолия*	Bignoniaceae	63
Белая ипа	Нет пионера	*Табебуйя розовая - Альба*	Bignoniaceae	63
Розовая ипа	Нет пионера	*Tabebuia impetiginosa*	Bignoniaceae	63

Ипе Роксо Бола	Нет пионера	*Handroanthus Avellanedae*	Bignoniaceae	63
Jatoba	Нет пионера	*Hymenaea courbaril*	Leguminosae	63
Жекитиба Белая	Нет пионера	*Cariniana estrellensis*	Lecythidaceae Lindl	63
Красный Джекитиба	Нет пионера	*Cariniana rubra*	Lecythidaceae Lindl	63
Молочные продукты	Нет пионера	*Tabernaemontana hystrix*	Apocynaceae	62
Полевая айва	Нет пионера	*Austroplenckia popuknea*	Rosaceae	62
Глаз дракона	Нет пионера	*Adenanthera pavonina*	Сапиндовые	63
Розовое окрашенное	Нет пионера	*Chorisia speciosa*	Bombacaceae	62
Пау Бразил	Нет пионера	*Caesalpinia tinctoria*	Fabaceae	62
Пау д'Альо	Нет пионера	*Gallesia integrifolia*	Caesalpinioideae Phytolaccaceae	62
Пау Ферро	Нет пионера	*Цезальпиния ферреа*	Fabaceae	62
Пау Санге	Нет пионера	Pterocarpus violaceus	Caesalpinioideae Leguminosae	63
Розовая пероба	Нет пионера	*Аспидосперма полинейронная*	Apocynaceae	62
Дикое персиковое	Нет пионера	*Prunus sellowii*	Rosaceae	62
Питанга	Нет пионера	*Евгения унифлора*	Миртовые	62
Сагуараги	Нет пионера	*Colubrina glandulosa*	Rhamnaceae	62
Сибипируна	Нет пионера	*Цезальпиния плювиоза*	Fabaceae	63
Тарума	Нет пионера	*Vitex montevidensis*	Lamiaceae	62
Грейпфрут	Нет пионера	*Евгения Увал ха*	Миртовые	63
			Всего	5000

(Lorenzi, 2008), (PATRO, 2014), (VIEIRA, 2006).

Оглавление

Milton Keynes UK
Ingram Content Group UK Ltd.
UKHW012224290324
440241UK00001B/79

9 786207 277360